◎大家如果撿到錢，要送去警察局喔。
3億元
別踩到大便喔
嘿嘿嘿嘿
啊！他把撿到的錢放進自己的錢包裡。真差勁！
◎魯豬豬將300元放進錢包裡，故事就開始啦！開始啦！

怪傑佐羅力之勇闖巧克力城

文·圖 **原裕** 譯 周姚萍

啊，魯豬豬有三百元耶。
魯豬豬，用它來買好吃的巧克力吧，嘻嘻呵呵。
好、好啦，如果有找到糖果店，再買給大家吃啦！

正在進行惡作劇學習之旅的佐羅力三人，
大聲唱著歌，歌聲將溫暖宜人的午後，
完全給破壞掉了。

媽媽，看著呀！
總有一天，我要蓋
一座佐羅力城，
一座惹人厭的偉大城堡。
雖然不知道什麼時候能蓋好，
但是我想一定很快就會實現的，
請您等著唷。

我們是小跟班
伊豬豬和魯豬豬。
只要能幫助佐羅力大師，
就算掉進深谷、闖進風雪也不怕，
為了建造佐羅力城，
願跟著佐羅力大師到天涯海角，
嘿吼！嘿吼！嘿嘿吼！
嘿吼！嘿吼！嘿嘿吼！

開心唱著歌的佐羅力三人，突然閉上嘴巴，並不由得停下腳步——

因為他們看到這張廣告海報。

快來購買
噗嚕嚕糖果公司的巧克力，就可以抽中巧克力城堡大獎喔!!
1片 100元（含消費稅）
噗嚕嚕巧克力
現在購買噗嚕嚕巧克力，如果發現「恭喜中獎」的字樣，這座漂亮的巧克力城堡，就是你的。
巧克力糖
巧克力奶油
巧克力球
松露巧克力
草莓巧克力
巧克力蛋糕
哈密瓜蛋糕
巧克力蛋糕
巧克力霸
仁奶油
柳橙奶油
這、這就是我的夢幻城堡啊！

佐羅力非常愛吃巧克力，

如果可以同時獲得巧克力以及城堡，

那對他來說就像作夢一樣的美好呢。

噗嚕嚕糖果公司的董事長
買愈多，中獎機會愈大喔！
快呀！現在馬上就到糖果店去!!
kiss巧克力
巧克力葡萄
脆皮糖衣巧克力
咕咕咕
白巧克力
巧克力餅乾
小麥巧克力豆
巧克力比斯吉
巧克力冰淇淋
巧克力棒棒糖
草莓奶油
鳳梨奶油
香蕉奶
手指巧克力
巧克力磚
波奇巧克力棒

佐羅力他們立刻往糖果店飛奔而去。

請從店裡的糖果中，找出三片噗嚕嚕巧克力，小心別找到很像的唷。

到底誰會抽中巧克力城堡呢？

伊豬豬的巧克力……
裡面什麼字也沒有——
好像沒中耶。

魯豬豬的巧克力……
我的也沒有。
啊！果然沒中！

那佐羅力的巧克力呢？
嘻嘻呵呵
我也要打開了。
興奮
期待
噗嚕嚕巧

哇啊——這、這片
巧克力——
噗嚕嚕巧克

啊，佐羅力城堡二號的美夢完全破滅了。

「對了，我們就把這些噗嚕嚕巧克力，卡滋卡滋咬碎，大口大口吃掉吧。」

伊豬豬一說，佐羅力就大喊著：

「蠢——蛋，看看巧克力的側面。

中間不是夾著一層白巧克力嗎？像這樣的巧克力，是值得用三天來品嘗的巧克力聖品。現在我就來告訴伊豬豬、魯豬豬和各位讀者，這種巧克力的品嘗方式!!」

怪傑佐羅力的 噗嚕嚕巧克力

正確品嘗法

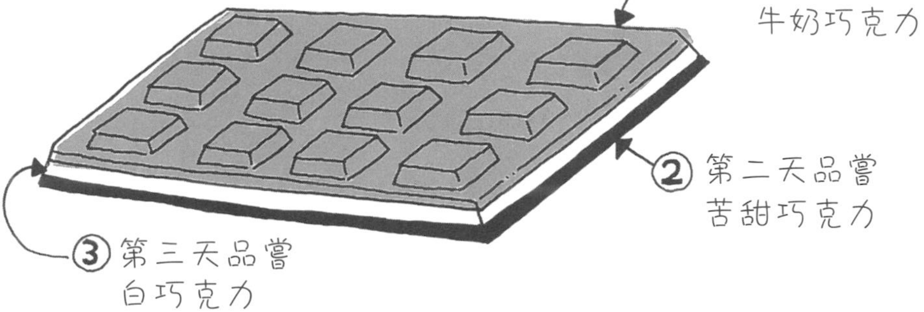

①第一天品嘗
牛奶巧克力
②第二天品嘗
苦甜巧克力
③第三天品嘗
白巧克力

第一天
☆最上層的
牛奶巧克力
緩緩溶化時有
媽媽的味道喔
舔呀 舔呀
舔呀 舔呀

第二天
☆最下層的
苦甜巧克力
是帶點苦味的
成熟滋味
舔呀 舔呀
舔呀 舔呀

本大爺
最愛其中的
白巧克力。

第三天
☆最後剩下的白巧克力是又甜又令人心痛的愛情滋味
舔呀 舔呀
舔呀
警告
千萬不要把這種吃法告訴媽媽比較好，不然，媽媽生氣了，我可不負責喔。
佐羅力

於是，佐羅力、伊豬豬和魯豬豬一副幸福的模樣，開始舔起最上層的牛奶巧克力。

舔呀 舔呀
嘖嘖 嘖嘖
滋滋 嘖嘖

這裡是噗嚕嚕巧克力的董事長辦公室

「報告噗嚕嚕董事長，這座巧克力城堡是我們製造巧克力的工廠，要是有人中獎了，我們就沒辦法繼續生產巧克力了。」

「摳噗嚕，別擔心，噗嚕嚕巧克力全——部都寫了『恭喜中獎』，卻絕對不會有人真的中獎。」

「唔，您說這話是什麼意思呢？」

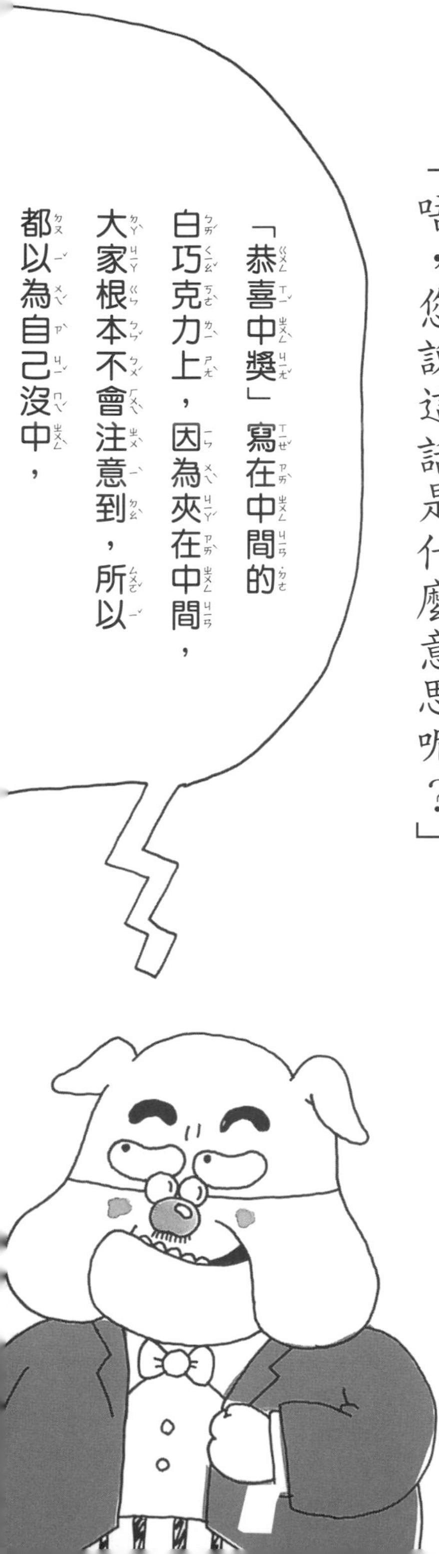
「恭喜中獎」寫在中間的白巧克力上，因為夾在中間，大家根本不會注意到，所以都以為自己沒中，

就卡滋卡滋的把巧克力統統吃掉。沒人會想到自己的巧克力中獎了呀。

董事長好聰明喔！這樣，巧克力城堡就不會變成別人的，巧克力也可以大賣特賣。

兩人的臉上都露出得意的微笑，這時——

牛奶巧克力
白巧克力
苦甜巧克力
☆三層巧克力
緊緊疊在一起，絕對不會散開，所以根本不會有人知道自己中獎了。

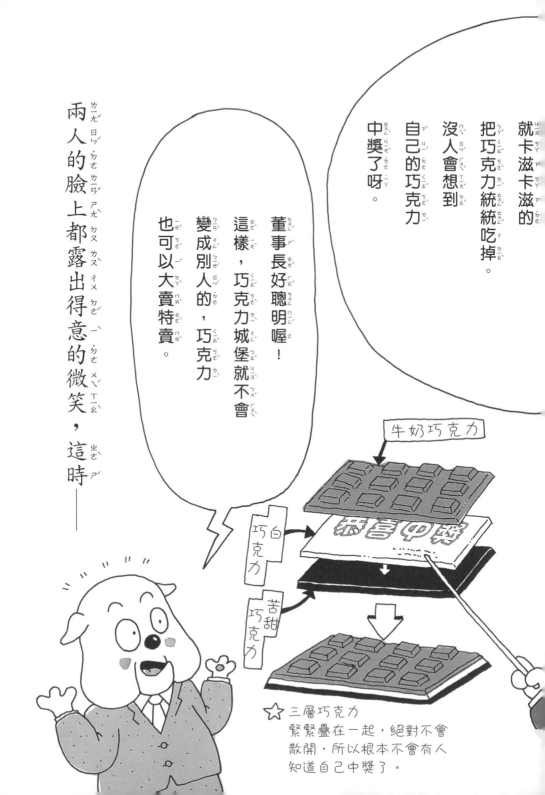

「噗嚕嚕董事長，我們中獎了！中獎了！中獎了！」

佐羅力一邊蹦蹦跳跳，一邊跑進董事長辦公室。

「對啊對啊，佐羅力大師教我們用噁心的、難看的舔舔技法吃巧克力，結果三片巧克力都中獎了。」

伊豬豬很得意的說著，

摳噗嚕擔心得臉色都發白了。

「董事長，怎、怎麼辦？」

「沒事的，摳噗嚕，別擔心，請這位叫做佐羅力的先生，好好把白巧克力上的字看清楚。」

「唔？字？還有什麼字？」

佐羅力睜大眼睛，仔細盯著白巧克力看。

沒想到在「恭喜中獎」之下，還有幾行小字。

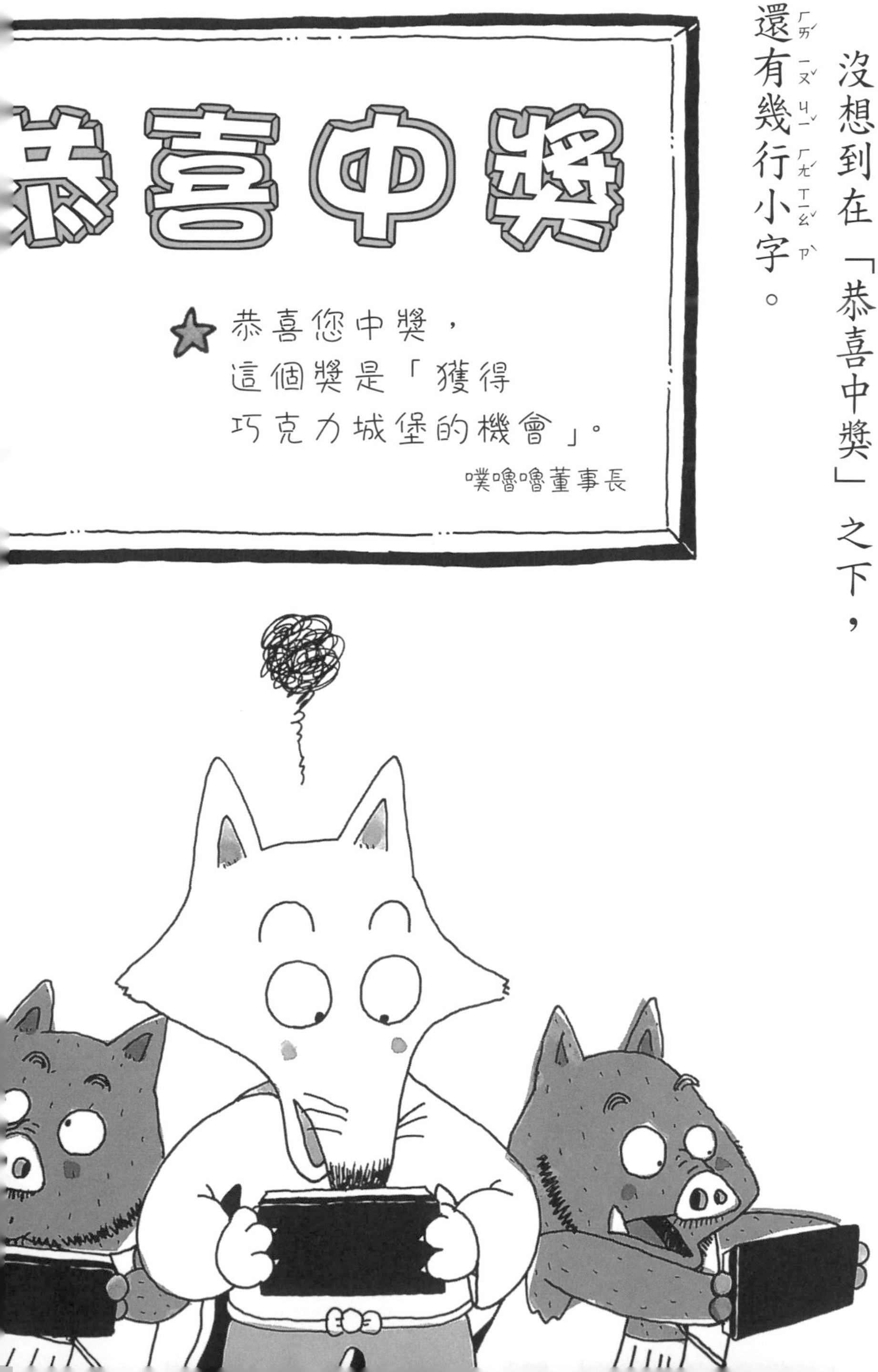
恭喜中獎
恭喜您中獎，
這個獎是「獲得
巧克力城堡的機會」。
噗嚕嚕董事長

「獲得巧克力城堡的機……機會？」

「是的，沒錯，
我們的巧克力城堡
位在北方
很冷很冷的海邊。
只有到達那裡，
打開城堡大門的勇者，
才能獲得
巧克力城堡。」

「嘻嘻呵呵，什麼嘛！
只要到達那裡就行了！
那有什麼難的呢？」

「從這裡往北方走三天左右，
就是前往巧克力城堡的出發地。
到了那裡，請憑著你們自己的
力量到達巧克力城堡吧。我將在
那裡等著你們。不好意思，我們先走啦。」

噗嚕嚕和摳噗嚕搭上了停在屋頂的直升機，

就往北方行駛而去了。

董事長，這下可糟了。
嗯，我也沒想到會有人發現自己中獎。世界上竟然有人用這麼低級的方式吃巧克力。來吧，在佐羅力他們抵達出發地前，我們得布置好各種陷阱，絕不能讓巧克力城堡落入他們手中。
噗嚕嚕糖果公司

佐羅力他們朝著北方一直走、一直走、一直走，走了整整三天三夜，總算到達了巧克力城堡出發地。

這個地方好冷啊，要是我穿了佐羅力的冬季服裝就好了。冷啊冷啊。
我們身上的毛很密，不怕冷，但是，出發時忘記穿鞋，腳凍得要命。

這裡是巧克力城堡的出發地!!
歡迎各位大駕光臨。
貼心的噗嚕嚕董事長為大家特別準備的禮物。
各位，是不是很冷啊？請穿上放置在告示牌下方的鞋子，溫暖你們的雙腳再出發吧。
警告
這塊牌子的後面是無底懸崖，小心別掉下去了。
哇，伊豬豬快看，有三雙鞋子耶，真是讓人感動哪。快來穿上鞋子吧。

魯豬豬連忙穿上了鞋子。
嗯，腳變得好暖和。
然而，鞋子下方突然冒出冰刀來。
咦！
喂，魯豬豬，那裡是懸崖耶，別靠近哪。
可、可是，佐羅力大師，這個鞋子滑溜溜的呀。
滑溜溜溜溜

魯豬豬，危險！
佐羅力大師～～

在千鈞一髮之際，佐羅力抓住了魯豬豬的手。佐羅力拚了命的拉住魯豬豬。

「魯豬豬，撐著呀！我馬上就拉你上來。」

但是天氣太冷了，手都凍僵了，連肚子也好冰好冷，根本使不上力。

佐羅力大師，
別管我了，
請您放手吧，
再這樣下去
連佐羅力大師
也會掉下來的。

「說什麼鬼話，本大爺一定要想盡辦法救你才行。」

雖然佐羅力拚了老命，

冰凍的手卻漸漸失去知覺——

最後，原本抓著魯豬豬的手，鬆開了。
魯豬豬！
對、對不起。魯豬豬，我不會忘記你的。
再見了，佐羅力大師——

哇啊～
咚咚咚咚咚咚

啊！是什麼東西追著佐羅力他們而來呢？魯豬豬嚇人的慘叫聲震動山谷，造成了雪崩。

「啊！
那裡有雪橇耶，
伊豬豬，
我們趕快搭上雪橇
逃命吧。」
「真、真的有雪橇耶，
我們得救了。

董事長，他們來了，一切都照我們的計畫進行。
蠢蛋佐羅力，只要搭上雪橇就死定啦。

好險！
以這種速度應該不會——
哇啊～～
哇～～
被雪埋住
啪啦 啪啦 啪啦
痛痛痛
哎呀～～
哇噢～～～

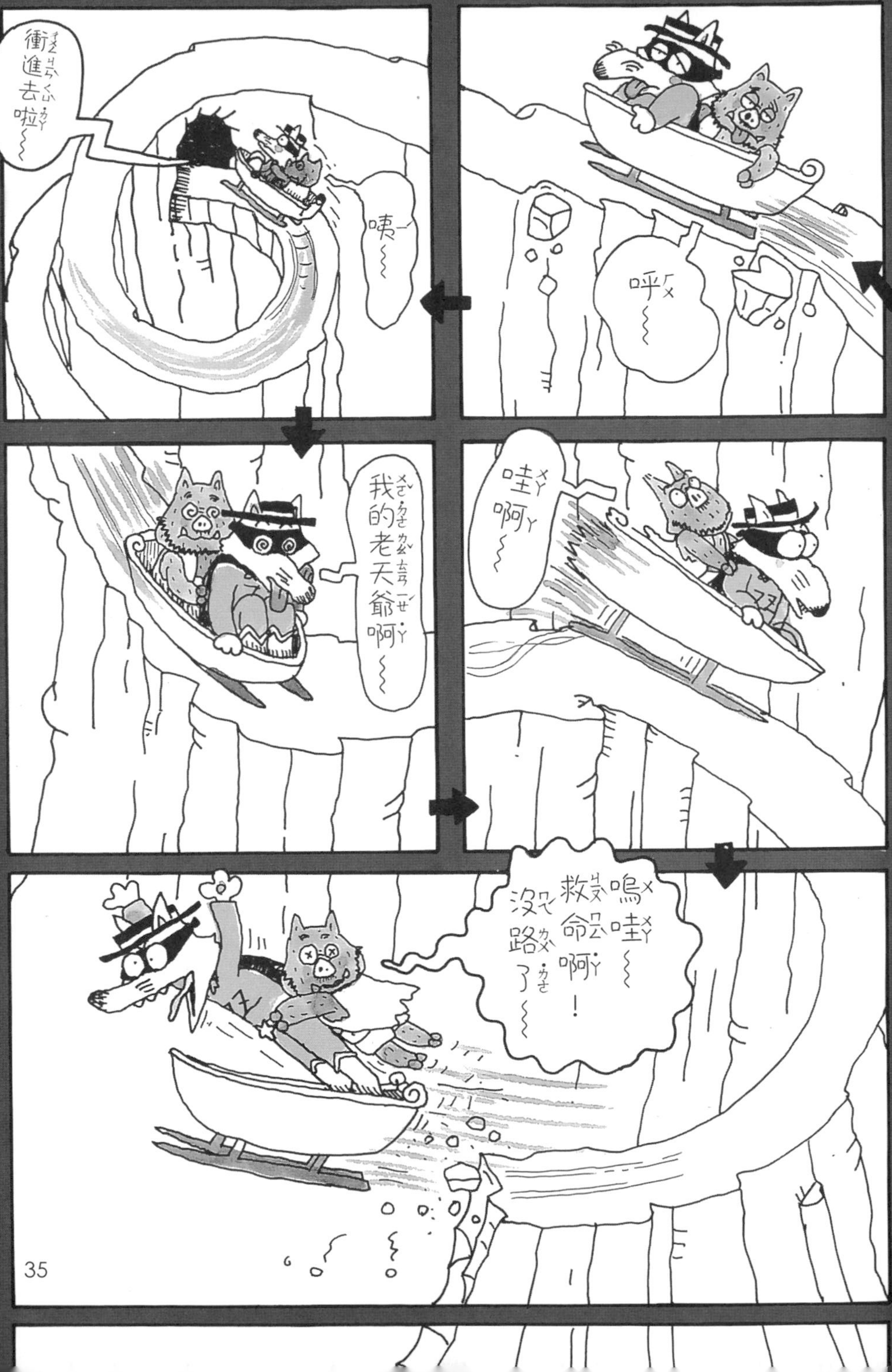
呼~~
衝進去啦~~
咦~~
我的老天爺啊~~
哇啊~~
嗚哇~~
救命啊！
沒路了~~

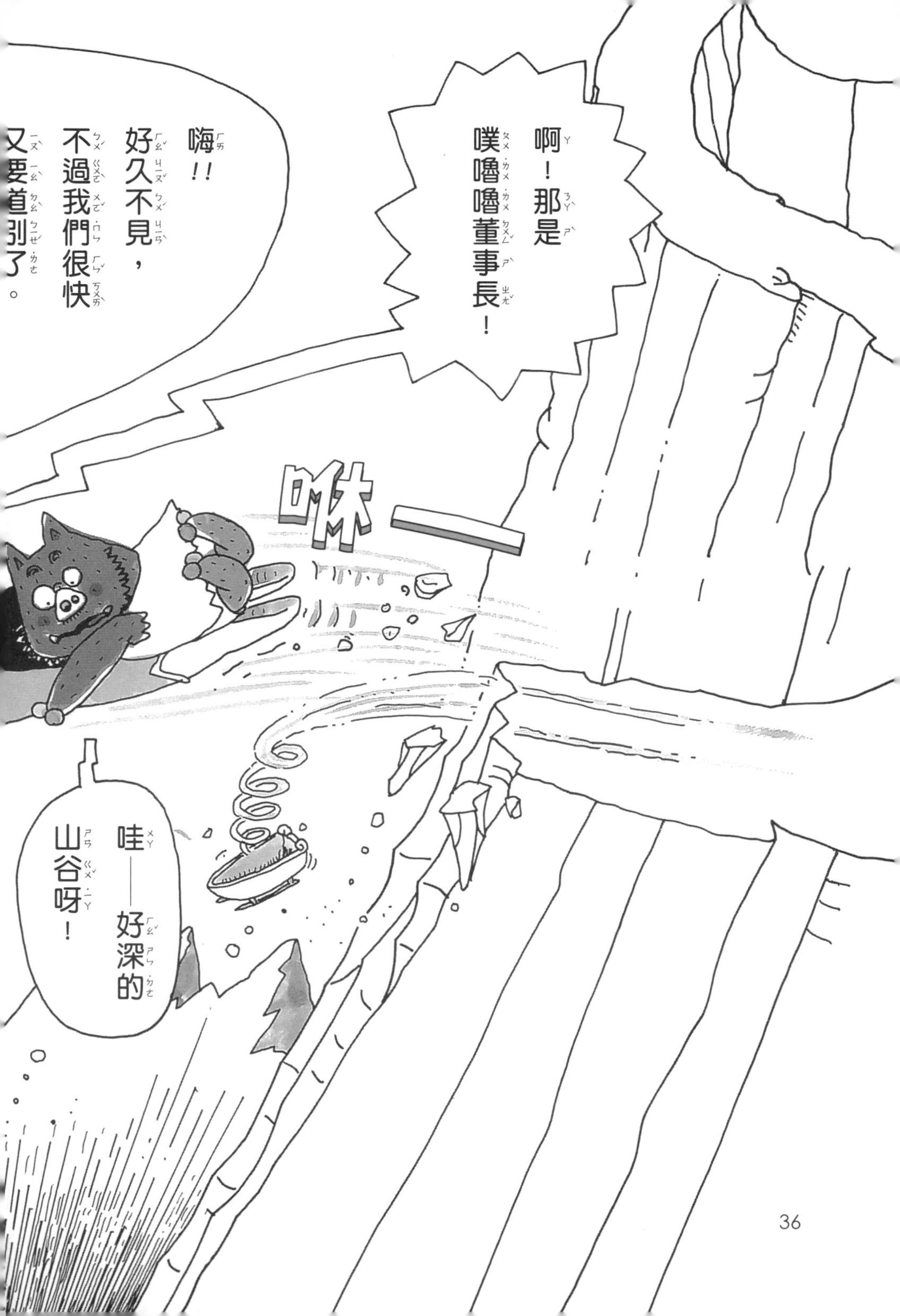
啊！那是噗嚕嚕董事長！
嗨！！好久不見，不過我們很快又要道別了。
咻—
哇——好深的山谷呀！

巧克力城堡就在前面，真是太遺憾了啊！拜拜。

但是，佐羅力那長長的鼻子扎進了山壁的積雪中。
糟了！
不過，再這樣下去，鼻子一定會凍傷的。
啪滋
啊！得救了。
佐羅力大師太酷了。

喂，噗嚕嚕董事長，救救我們吧！鼻子好凍喔。
哎呀呀，好可憐哪。摳噗嚕，佐羅力的鼻子看起來真的凍壞了，把那個東西給我吧。
是。

用這個強力打火機在積雪上點火，就會變溫暖了，嘿嘿嘿。
呼轟轟轟轟
別做蠢事啊！雪會溶掉的。

再見啦——谷底很冷喔，請用這個打火機取暖吧。
哈哈哈，佐羅力的鼻子凍傷了，腫得好大呀。
啪啦
哇，佐羅力大師，我接住打火機了。
蠢——蛋，那有什麼用啊，我們就要葬身谷底啦！

佐羅力他們急速的往谷底墜落。
啊！凍傷的鼻子醜死了，本大爺就要以這副模樣跟各位讀者告別了……嗚嗚嗚，人家想要用平常那種酷模樣道別嘛。

然而，積雪的山壁上
有一根樹枝——
唔？

腫得很大的鼻子卡在樹枝間，還被樹枝往上彈。
沒想到凍傷的鼻子也有用處耶。
啪啪啪啪～啪
凍傷鼻子萬歲！
咻咻

嘿嘿嘿，怎麼樣？我佐羅力大師很厲害吧？
咻——咻
怎、怎麼會這樣？到底發生了什麼事？
董事長，怎、怎麼辦？他們往巧克力城堡那邊飛去了耶。

沒錯，佐羅力他們，
就這樣被樹枝
一路彈飛到
矗立在海邊的
巧克力城堡正前方。

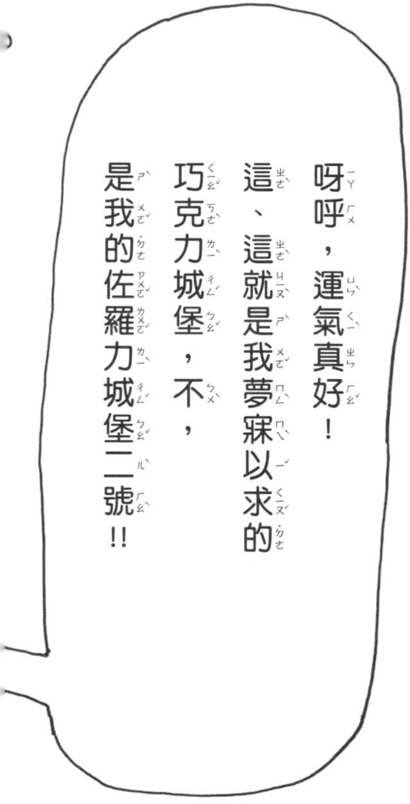

佐羅力大師，我們到了耶。

「媽媽，你看。現在我
只要把大門打開，
這座巧克力城堡就是我的了。
我會用巧克力來替媽媽
和魯豬豬，蓋兩座
漂亮的巧克力
墳墓。」

佐羅力和伊豬豬正合力要把門打開，就在這時——

叩叩叩叩叩——

從雪地冒出一個非常、非常巨大的雪人。

啊哈哈哈哈……
佐羅力先生，真抱歉，
你以為的門，
其實是巧克力城堡的
守護機器人——
也就是我「城堡雪人」的
腦袋啊。

來看看城堡雪人的祕密裝置吧!!

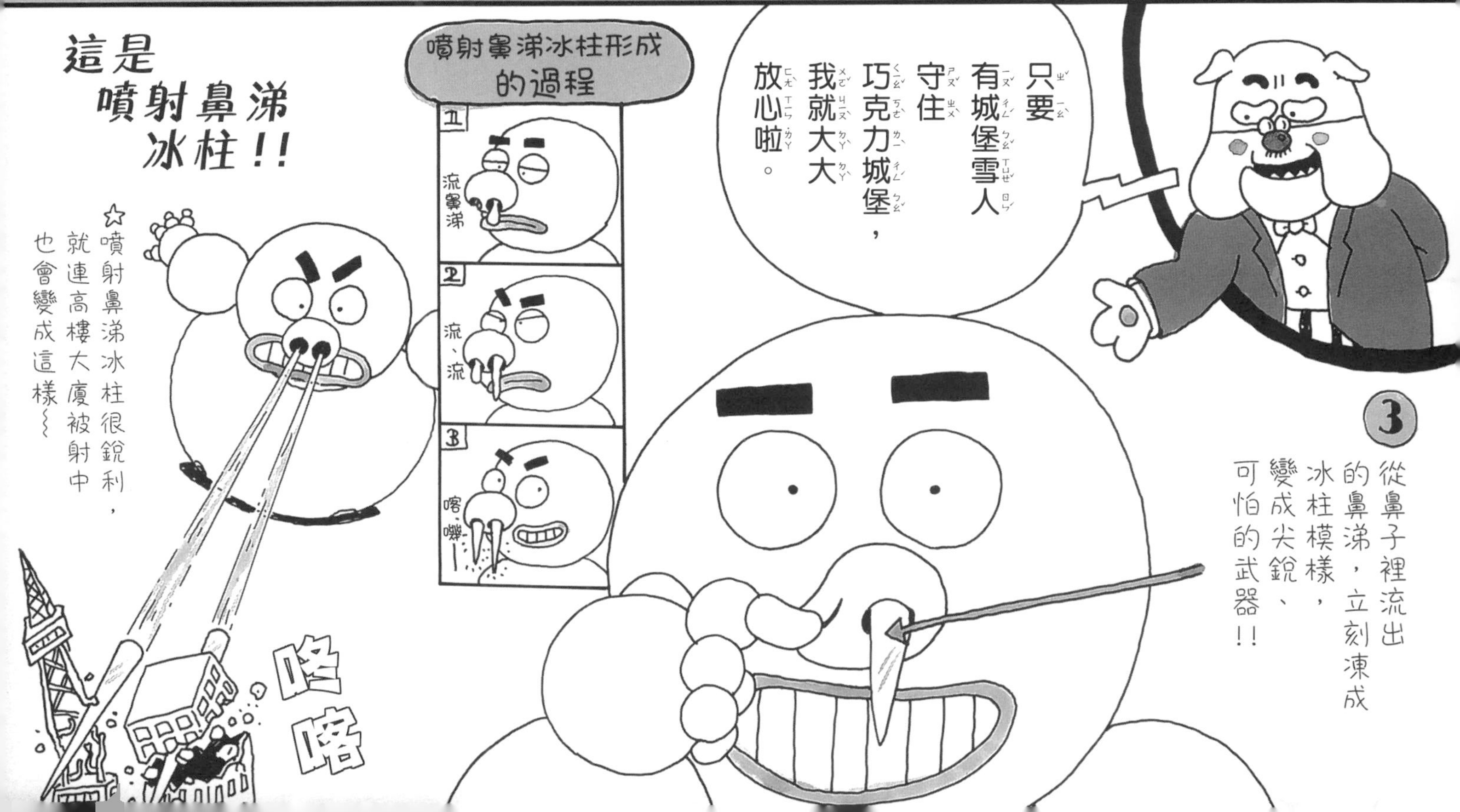

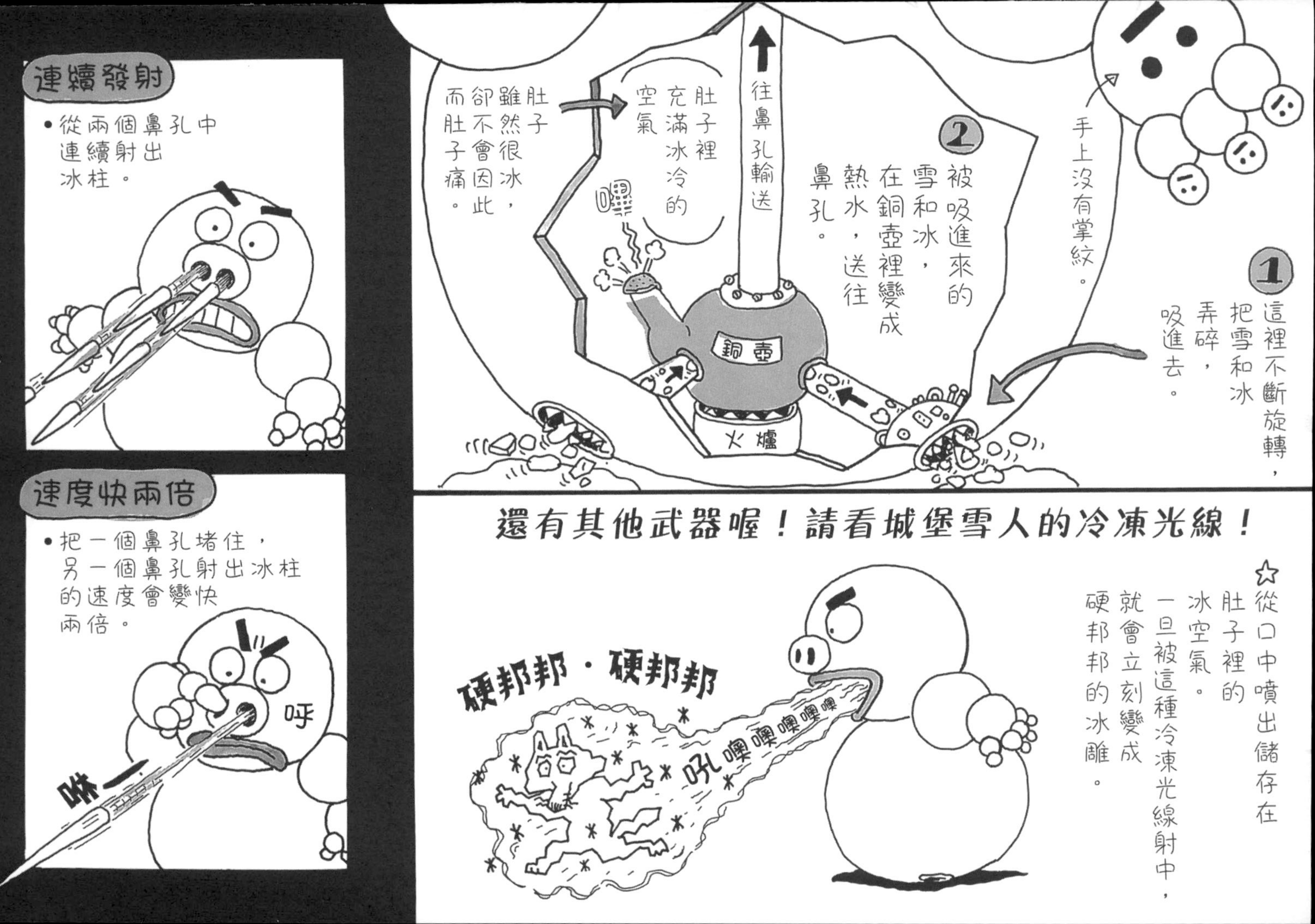

① 這裡不斷旋轉，把雪和冰弄碎，吸進去。
手上沒有掌紋。
② 被吸進來的雪和冰，在銅壺裡變成熱水，送往鼻孔。
往鼻孔輸送
銅壺
火爐
肚子裡充滿冰冷的空氣
嘿
肚子雖然很冰，卻不會因此而肚子痛。
連續發射
•從兩個鼻孔中連續射出冰柱。
速度快兩倍
•把一個鼻孔堵住，另一個鼻孔射出冰柱的速度會變快兩倍。
呼
咻—
還有其他武器喔！請看城堡雪人的冷凍光線！
☆從口中噴出儲存在肚子裡的冰空氣。一旦被這種冷凍光線射中，就會立刻變成硬邦邦的冰雕。
硬邦邦．硬邦邦
吼噢噢噢噢噢

「城堡雪人，給佐羅力他們一點顏色瞧瞧。」

噗嚕嚕一說完，城堡雪人就對準佐羅力他們，發射出最厲害的噴射鼻涕冰柱。

啊！完了——要變成肉串了——
喂，伊豬豬，你剛剛不是拿到一個好東西嗎？

沒錯，伊豬豬的手上有個強力打火機。

打火機發出熊熊火焰，立刻把噴射鼻涕冰柱溶化了。

「怎麼樣啊？
有了這個打火機，
就不怕什麼冰柱了。」

「做得好，佐羅力。
不過剛剛打火機冒出
那麼強大的火焰，
我看裡面的瓦斯
也差不多快
用完了喔。」

「真的耶，佐羅力大師，打火機已經沒瓦斯，點不著了。」

「什、什麼。好，這種時候還是三十六計走為上策。走——」

佐羅力他們一溜煙跑了。

但是城堡雪人卻不慌不忙的

咻～～～咻
咻—
從兩個鼻孔，連續發射出噴射鼻涕冰柱。
哇啊～
好危險哪！
咚嘶
咚嘶
咚嘶
咚嘶
咚嘶
咚嘶

最後，佐羅力他們被冰柱圍成的籠子困住了。

「哇哈哈哈，逃不掉了吧。接下來，就請城堡雪人用冷凍光線，把你們變成硬邦邦的冰雕吧。」

「我、我們不要巧克力城堡了，饒了我們吧。」

「不行、不行，
你們已經知道
噗嚕嚕巧克力的
中獎祕密，
所以，一定
得讓你們兩人
消失才行，
城堡雪人，射出你的冷凍光線!!」

佐羅力
他們的尾巴尖端
一被冷凍光線
射中，
就結冰了。
啊！再這樣
下去，會變成
冰雕！

就在這時，
山的那邊傳來了
不知道是誰的叫聲。
喂ー
呼嚕嚕嚕嚕
難道是有救星來救我們嗎？

往聲音傳來的方向一看，一顆比城堡雪人還要大上三倍的超級大雪球，朝佐羅力他們滾了過來。

叩囉 叩囉 叩囉
啊！是城堡雪人的爸爸耶！真不愧是董事長！您什麼時候製造了這顆雪球呢？這個戰略正好可以把結冰的佐羅力他們壓得粉身碎骨。

哎呀呀，原來是採取這種戰略啊——
嗚啊！我還以為是來救我們的，真是白高興了呀。媽媽——
嗄？是、是嗎？我有製造這個東西嗎？

然而，碰咚好大一聲！雪人把噗嚕嚕和摳撲嚕壓住了，還把城堡雪人撞飛到遙遠的天邊。

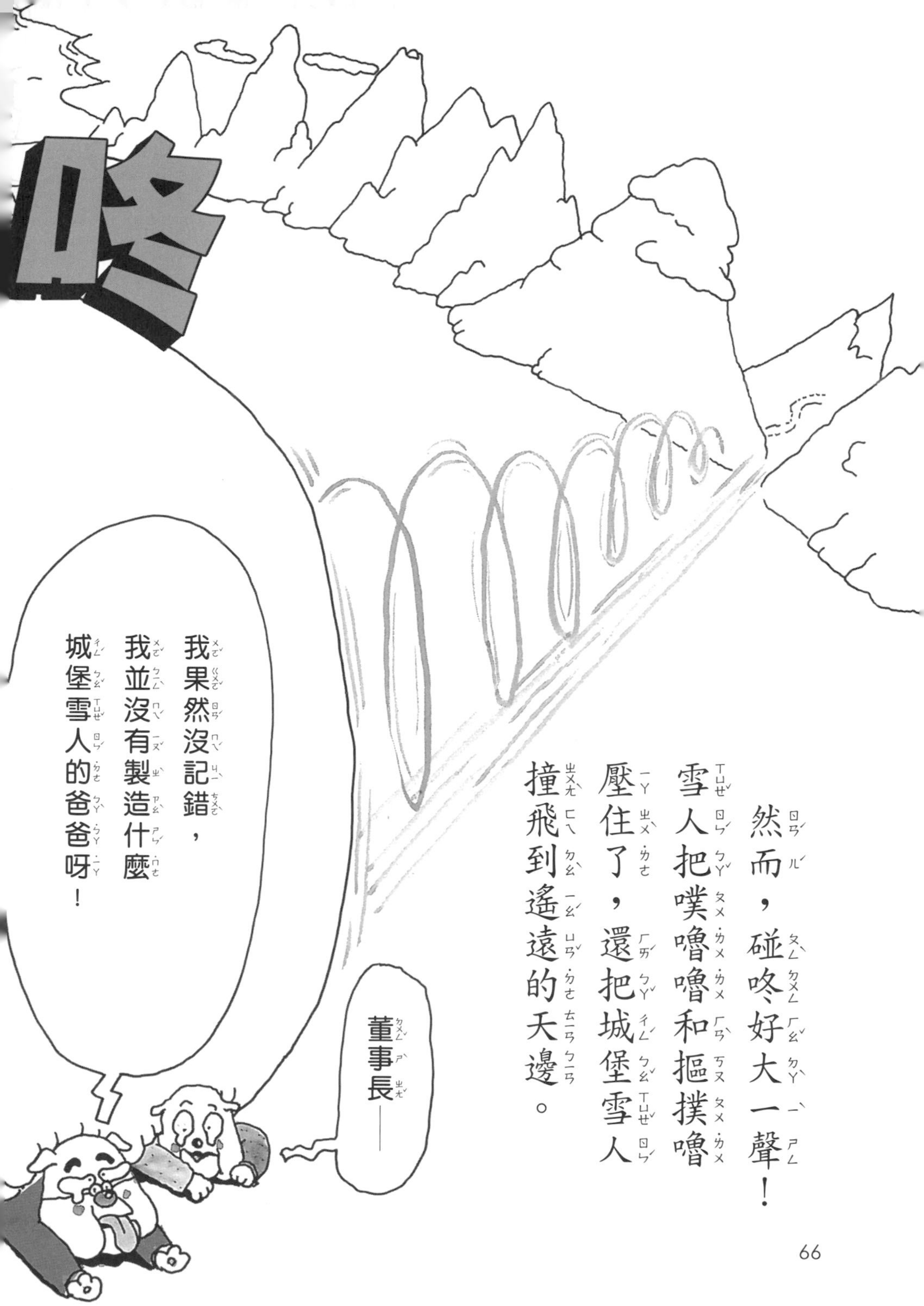
咚
董事長——
我果然沒記錯，我並沒有製造什麼城堡雪人的爸爸呀！

碰
佐羅力大師——
哇——在我們面前停下來了。
本大爺可沒有雪球這種親戚呀！

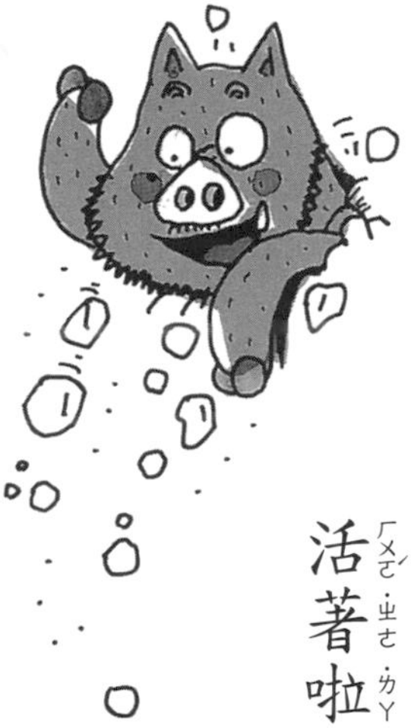

雪球停下來後，
裡頭突然冒
出一顆頭，
居然是魯豬豬！
「是魯豬豬的鬼魂哪——」
「不、不是啦。我不是
鬼魂，我還
活著啦。」

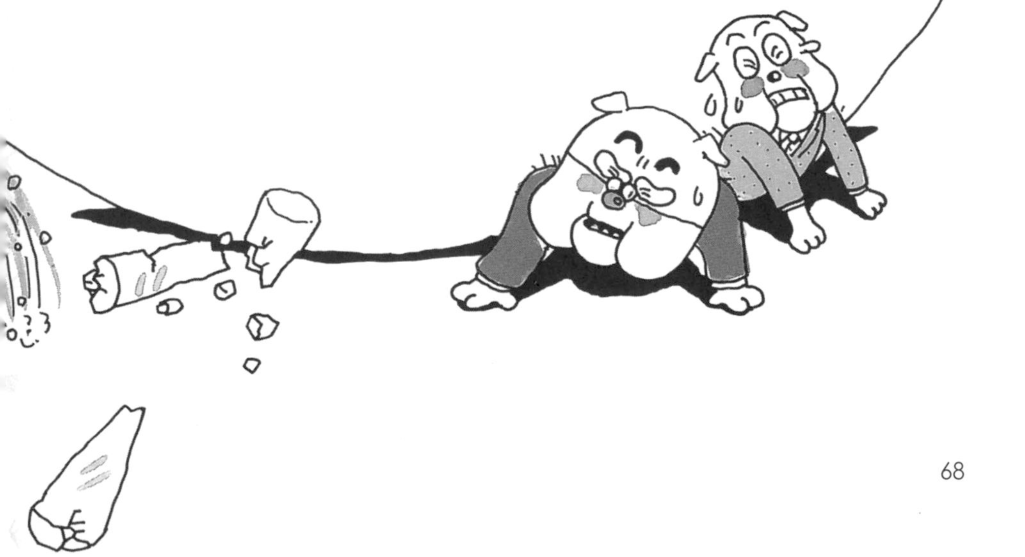

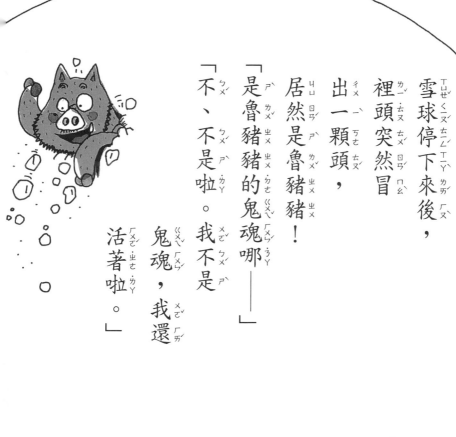

魯豬豬向
佐羅力他們說明，
自己是怎樣變成雪球的。
掉進深谷裡，
叩囉叩囉叩囉
滾哪滾……
不知不覺
就變成了
圓滾滾
的雪球。
滾過山峰，
滾過山谷，
雪球
愈滾愈大，
最後
滾到了
這裡。

「魯豬豬，我們好擔心你喔——」

「佐羅力大師——伊豬豬，謝謝你們，嗚哇——」

他們擁抱在一起，為能夠重逢而感到開心。

「魯豬豬，讓我們再一起惡作劇吧。啊！對了!!我都忘了……」

佐羅力拭去喜悅的淚水，

轉身面對被壓在雪球下動彈不得的噗嚕嚕董事長說：

「董事長，這麼一來，巧克力城堡就是我們的了，對吧？」

「是、是啊。我是個堂堂男子漢，一定會遵守約定的……只不過……」

「我是說過要送上巧克力城堡，可沒說過要連巧克力城堡的土地一起奉送，所以請你們帶走巧克力城堡，留下土地。佐羅力先生，這沒問題吧？」

「什、什麼嘛，伊豬豬，你說這不是太狡猾了嗎？」

「對啊！根本就像詐欺嘛!!」

然而，佐羅力卻不慌不忙的說：

「沒關係、沒關係。
就算你讓我的鼻子
凍成這樣，對於你的
請求，我還是會答應的。
這麼寬宏大量的佐羅力大爺
有好點子啦，嘻嘻呵呵。
伊豬豬、魯豬豬，把耳朵借給我。」

佐羅力到底有
什麼好計謀呢？

佐羅力他們用鋸子，將巧克力城堡
地上的冰層鋸出
一個大圓。
嘰嘎嘰嘎
嘰嘎嘰嘎
嘰嘎嘰嘎

請城堡雪人
幫忙
推進
大海裡。
咯吱
咯吱
咯吱
咯吱
咯吱

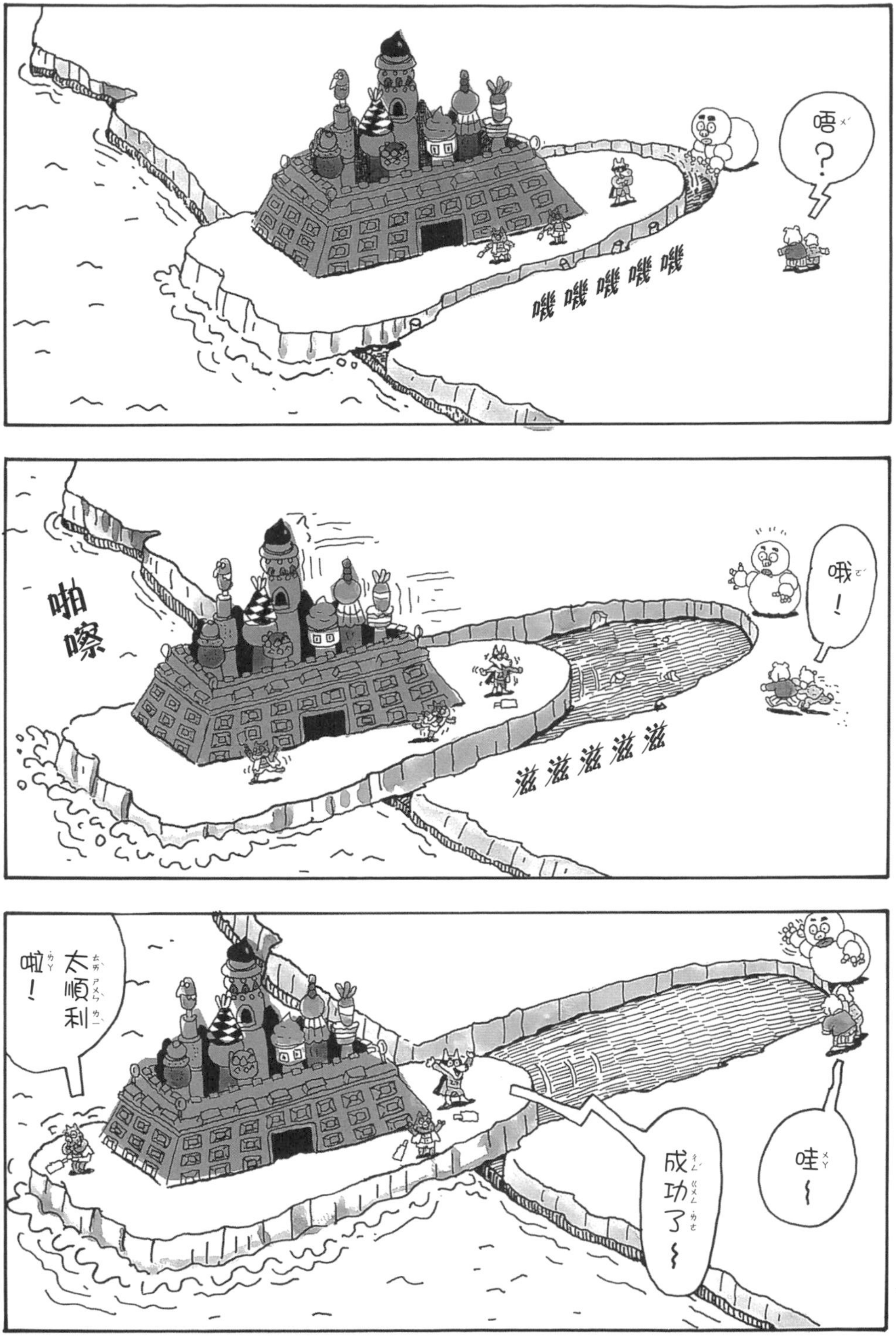
唔？
嘰嘰嘰嘰嘰
哦！
啪嚓
滋滋滋滋滋
哇～
成功了～
太順利啦！

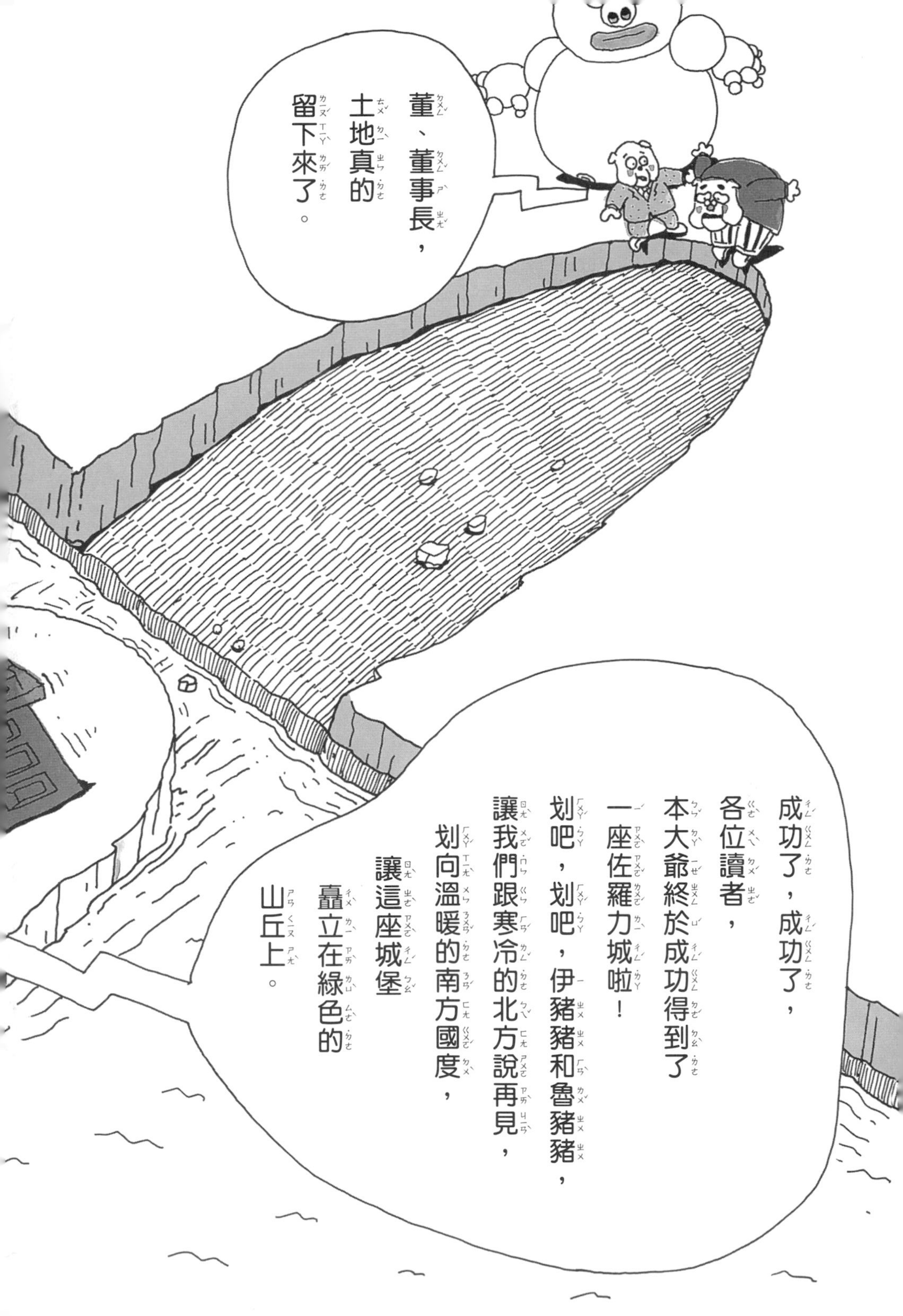
董、董事長，土地真的留下來了。
成功了，成功了，各位讀者，本大爺終於成功得到了一座佐羅力城啦！划吧，划吧，伊豬豬和魯豬豬，讓我們跟寒冷的北方說再見，划向溫暖的南方國度，讓這座城堡矗立在綠色的山丘上。

當這座巧克力城堡矗立在
南方國度時，
我將舉辦吃到飽的
巧克力派對，
招待各位讀者
來參加，
敬請期待唷!!

佐羅力他們
浩浩蕩蕩的
往南方前進。
不過，大家
應該知道吧，
氣溫一高，
不管是冰或是巧克力
會變成怎樣呢？
是的，就像這樣！

繼續溶化

變得黏糊糊的……

不知不覺就
變成這樣了。
佐羅力他們
難過得不得了，
還掉下眼淚。
倒是魚兒們
都很開心呢。

因為，魚兒們都嘗到了從來不曾吃過的美味巧克力。

糊糊
糊成一團
吸～
用背部接住巧克力帶回家
比目魚
疣鯛
黃魚
沙丁魚
竹夾魚
日本金梭魚
柳葉魚
金眼鯛

「喂，各位讀者，如果你們知道
巧克力會溶化，就該早點告訴本大爺嘛。
雖然剛剛說要招待大家到
巧克力城堡來玩，
但是，就像你們現在看到的，
一切都已經化為烏有了。
哎，真令人沮喪。
將來要是我能再得到更酷的城堡，
一定會找大家來同樂的，等著吧。」

☆雖然冰和巧克力都溶化成這麼小一塊，
但佐羅力他們，終於還是抵達了陸地，
這是當時他們拍下的紀念照。

那塊比較大的冰塊就送給你們吧。你們可以弄成剉冰來吃吃。至於本大爺就犧牲小我，拿走這塊小小的巧克力啦。
……
……

吃了這塊巧克力，可以帶給我能量，讓我下次能更痛痛快快的惡作劇——

作者簡介

原裕 Yutaka Hara

一九五三年出生於日本熊本縣，一九七四年獲得KFS創作比賽「講談社兒童圖書獎」，主要作品有《小小的森林》、《手套火箭的宇宙探險》、《寶貝木屐》、《小噗出門買東西》、《我也能變得和爸爸一樣嗎？》、【輕飄飄的巧克力島】系列、【膽小的鬼怪】系列、【菠菜人】系列、【怪傑佐羅力】系列、【鬼怪尤太】系列、【魔法的禮物】系列等。

譯者簡介

周姚萍

兒童文學創作者、童書譯者。著有《日落臺北城》、《臺灣小兵造飛機》、《山城之夏》、《我的名字叫希望》等書，譯有【名偵探】系列等。曾獲金鼎獎優良圖書推薦獎、聯合報讀書人最佳童書獎、幼獅青少年文學獎、九歌年度童話獎、好書大家讀年度好書等獎項。

國家圖書館出版品預行編目資料

怪傑佐羅力之勇闖巧克力城
原裕 文、圖；周姚萍 譯 --
第一版. -- 台北市：天下雜誌, 2011.06
92 面；14.9x21公分. --（怪傑佐羅力系列；7）
譯自：かいけつゾロリのチョコレートじょう
ISBN 978-986-241-292-3（精裝）
861.59　　100005467

怪傑佐羅力系列 07

怪傑佐羅力之勇闖巧克力城

作者｜原裕
譯者｜周姚萍
責任編輯｜張文婷
特約編輯｜蔡珮瑤
美術設計｜蕭雅慧

天下雜誌群創辦人｜殷允芃
董事長兼執行長｜何琦瑜
媒體暨產品事業群
總經理｜游玉雪
副總經理｜林彥傑
總編輯｜林欣靜
行銷總監｜林育菁
資深主編｜蔡忠琦
版權主任｜何晨瑋、黃微真

出版者｜親子天下股份有限公司
地址｜台北市 104 建國北路一段 96 號 4 樓
電話｜（02）2509-2800
傳真｜（02）2509-2462
網址｜www.parenting.com.tw
讀者服務專線｜（02）2662-0332
週一～週五：09:00～17:30
讀者服務傳真｜（02）2662-6048
客服信箱｜parenting@cw.com.tw
法律顧問｜台英國際商務法律事務所・羅明通律師
製版印刷｜中原造像股份有限公司
總經銷｜大和圖書有限公司
電話｜（02）8990-2588

出版日期｜2011 年 6 月第一版第一次印行
2023 年 12 月第一版第二十四次印行
定價｜250 元
書號｜BCKCH020P
ISBN｜978-986-241-292-3（精裝）

訂購服務
親子天下 Shopping｜shopping.parenting.com.tw
海外・大量訂購｜parenting@cw.com.tw
書香花園｜台北市建國北路二段 6 巷 11 號
電話｜（02）2506-1635
劃撥帳號｜50331356 親子天下股份有限公司

有聲故事書

日本熱賣25年，狂銷3,300萬本的經典角色

讓你笑到彎腰、幽默破表的開胃閱讀系列

怪傑佐羅力

連續五年圖書館小學生借閱率前三名

不論遇到什麼困難，佐羅力都絕對不會放棄。我認為懂得運用智慧、度過難關，這種不放棄的精神，是長大進入社會以後最重要的事。

——【怪傑佐羅力】系列作者 **原裕**（Yutaka Hara）

不靠魔法打敗哈利波特的佐羅力

日本朝日新聞社調查幼稚園~國小六年級3,583位小朋友，佐羅力打敗哈利波特，是所有小朋友心目中的最愛！

風靡所有孩子的佐羅力精神

★雖然每次的惡作劇都失敗，卻反而讓佐羅力成為樂於助人的正義之士。

★不管遇到什麼挫折，佐羅力總是抬頭挺胸向前走。

★雖然媽媽不在身邊，卻總是想著媽媽，勇敢面對挑戰，所以佐羅力永遠不會變壞。

★不只故事有趣，藏在書中各處的漫畫、謎題、發明，每次讀都有新發現。

下一本永遠更有趣，讓孩子想一直讀下去

佐羅力雖然很愛惡作劇，卻常常失敗，反而幫助了別人，真是太好笑了！

——台灣・陳稷謙・小三

【佐羅力】系列不僅字體大容易閱讀，還包含很多像漫畫般的插圖，非常適合作為孩子自己閱讀的第一本書。我的孩子是因為看了【佐羅力】，才變得能夠單獨閱讀一本書。

——日本・家長

雖然佐羅力很愛惡作劇，卻很看重朋友，一不小心還會做好事。這點讓女兒覺得很有趣，還讓她聯想到自己與朋友間的關係，甚至產生「佐羅力即使失敗，也會多方思考，絕對不放棄」這樣不怕挫折的想法。

——日本・家長

現在就和佐羅力一起出發！

為了向天國的媽媽證明，自己能夠成為頂天立地的「惡作劇之王」，佐羅力帶著小跟班伊豬豬、魯豬豬，展開充滿歡笑和淚水的修練之旅……

佐羅力

為了讓在天堂的媽媽以他為榮，佐羅力立志成為「惡作劇之王」，勇敢踏上修練之旅。旅途中佐羅力喜歡打抱不平，常有驚人的創意發明，雖然每次惡作劇都以失敗收場，卻陰錯陽差解決難題，搖身變成眾人感謝的正義之士。

伊豬豬、魯豬豬

貪吃的野豬雙胞胎，哥哥伊豬豬右眼和右鼻孔比較大；弟弟魯豬豬左眼和左鼻孔比較大。兩人因為仰慕佐羅力成了小跟班，尊稱佐羅力為大師，卻總是幫倒忙，造成不可收拾的混亂，拖累佐羅力的計畫。

佐羅力的媽媽

溫柔的母親是佐羅力最念念不忘的人，但她在佐羅力小時候就已經去世。由於佐羅力個性迷糊，讓她即使在天堂，卻仍然常常來到人間，關心寶貝兒子的一舉一動，偶而還會偷偷幫助佐羅力，是一位愛子心切的好母親。

親子天下 雜誌出版

購書及訂閱電子報・天下童書館 www.cwbook.com.tw/kid

親師生三方互動最佳的橋梁・親子天下網站 www.parenting.com.tw

佐羅力 想出來的 惡作劇巧克力

◎圓形 有圓形標誌的內餡是咖哩奶油

◎三角形 有三角形標誌的內餡是番茄醬

◎四角形 有四角形標誌的內餡是玉米濃湯

◎星形 有星形標誌的內餡是海苔醬

◎一口就能同時吃下不同食物和甜點，真是了不起的巧克力!!

你們想不想吃吃看這樣的巧克力呀？
等等呀~~
超輕巧克力

◎有那種在巧克力裡混入空氣的輕飄飄巧克力嗎？本大爺就將氣球裡輕飄飄的氣體，和巧克力混合在一起喔。